SANTA TERESIT

REINECITA

POR

Carolina Toral

Ilustraciones por Félix Puente

APOSTOLADO MARIANO
Recaredo,44
41003-SEVILLA

Nihil Obstat
El Censor.
Dr. Cipriano Montserrat, Pbro.
Prelado Doméstico de S. S.
Barcelona, 9 septiembre 1959

Imprimase:
Dr. Juan Serra Puig,
Vicario General

Por mandato de su Excia. Rvma
Dr. Alejandro Pech, pbro.
Canciller-Secretario

María, Paulina, Leonia y Celina, viven en una casa de piedra gris, de la vieja ciudad francesa de Alençon, con sus padres, Luis Martín y Celia Guerin.

El día 2 de enero de 1873 nace una niña más, que parece una florecilla rosa entre los tules de su cuna; María es su madrina y le ponen el nombre de una santa española TERESA, pero el cariño de todos la llama siempre «Reinecita».

La nena se pone muy enferma a los pocos días de nacer y tienen que enviarla al campo con el ama Rosita.

«Reinecita» se cura pronto; es muy rubia, sonrosada, con ojos azules; parece una princesita cuando juega con los chicos del ama, de coloradas y redondas mejillas.

Anda sola y canta alegre como un pajarillo, cuando la llevan a casa de sus padres. Es una chiquilla deliciosa; quiere mucho a sus hermanas, sobre todo a Celina, su compañera de juegos, y a su padre, que la pasea por el jardín sentada sobre su bota.

Pero su mejor cariño es para su madre, que la educa cariñosa en el santo temor de Dios, y la enseña a ser buena y vencer sus caprichos, ayudada por su Angel de la Guarda.

Tres años tiene «Reinecita» cuando su madre se va al cielo; llora mucho y, para consolar su pena, elige por «madrecita» a su hermana Paulina, a la que quiere cada vez más, y más.

El padre de «Reinecita», llamado el «Patriarca» por lo que se parece a San José, se lleva a sus cinco niñas a Lisieux, donde viven en una casa, rodeada de jardines, a la que ponen el nombre de «Los Buissonnets».

En ella vive feliz el «Patriarca» con sus lindas hijas; llama a María «el diamante»; a Paulina su «perla fina» y Teresa es su «Reinecita de cabellos de oro».

Muchas tardes pasean juntos; el anciano lleva de la mano a la niña y entran en las iglesias. Una noche mira «Reinecita» las brillantes estrellas y grita entusiasmada: ¡Papá mi nombre está escrito en el cielo!».

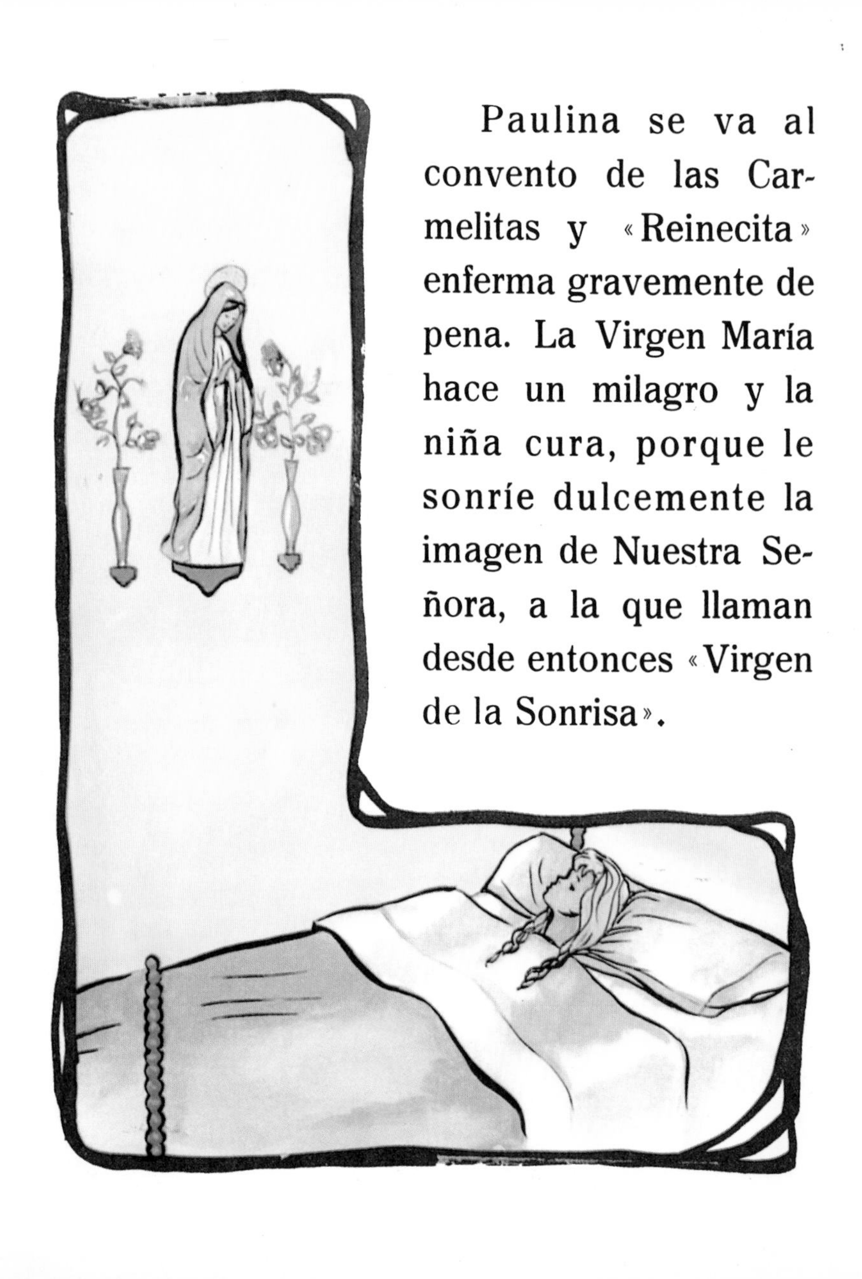

Paulina se va al convento de las Carmelitas y «Reinecita» enferma gravemente de pena. La Virgen María hace un milagro y la niña cura, porque le sonríe dulcemente la imagen de Nuestra Señora, a la que llaman desde entonces «Virgen de la Sonrisa».

Curada ya, asiste «Reinecita» a la toma de hábito de su «madrecita», y hace su primera comunión con tanto fervor que parece un ángel con sus tirabuzones rubios, su traje blanco y su corona de rosas.

También María se va al convento Carmelita y Leonia a otro; ya solo quedan en la casa Celina y «Reinecita» con el padre, que la mima mucho, y se va haciendo muy viejo.

Una tarde de mayo está «Reinecita» con su padre en el jardín y le suplica que la deje ir al Carmelo como sus hermanas. El anciano le da permiso llorando de alegría y le regala una florecilla blanca, imagen de su hija.

Pero «Reinecita» no puede ser monja tan pronto como desea porque es muy niña todavía. Visita en Roma al Papa León XIII para pedirle que la deje entrar en el Carmelo. El Papa acaricia su preciosa cabeza pero no le promete nada.

Poco después llega el permiso para ir al Carmelo. «Reinecita» se despide de su casa y jardín con lágrimas en los ojos, y, acompañada de su padre y Celina, va al Convento donde la esperan sus hermanas.

Ya es la Hermanita Teresa. Ama mucho a Jesús; quiere ser su pelota, su juguete, y que El la deje cuando se canse; el Niño premia este amor tan delicado accediendo a que nieve el día de su profesión, tal como «Reinecita» se lo había pedido.

Es la monjita más joven de todas; a veces tiene que barrer los claustros y lavar, pero lo que más le gusta es adornar los altares del Niño Jesús, y su Santa Madre, con flores, y rezar ante ellos mucho rato.

Un día, su «madrecita», que es la Superiora del Convento, le ordena que escriba su vida, y «Reinecita» va contando todos los recuerdos de su feliz infancia y de su vida entregada a Dios desde que era chiquita.

Es un día dichoso para ella el que entra en el Convento su hermana Celina, su compañerita de juegos. Todas las niñas de «Los Buissonnets» son ya monjas y cuatro están juntas en el Carmelo de Lisieux.

La Hermana Teresa del Niño Jesús es muy delicada, y enferma pronto, pero siempre está contenta, no se queja nunca, ni siquiera del mucho frío que pasa. Anda a veces por el jardín con mucho trabajo ofreciendo su cansancio por los Misioneros.

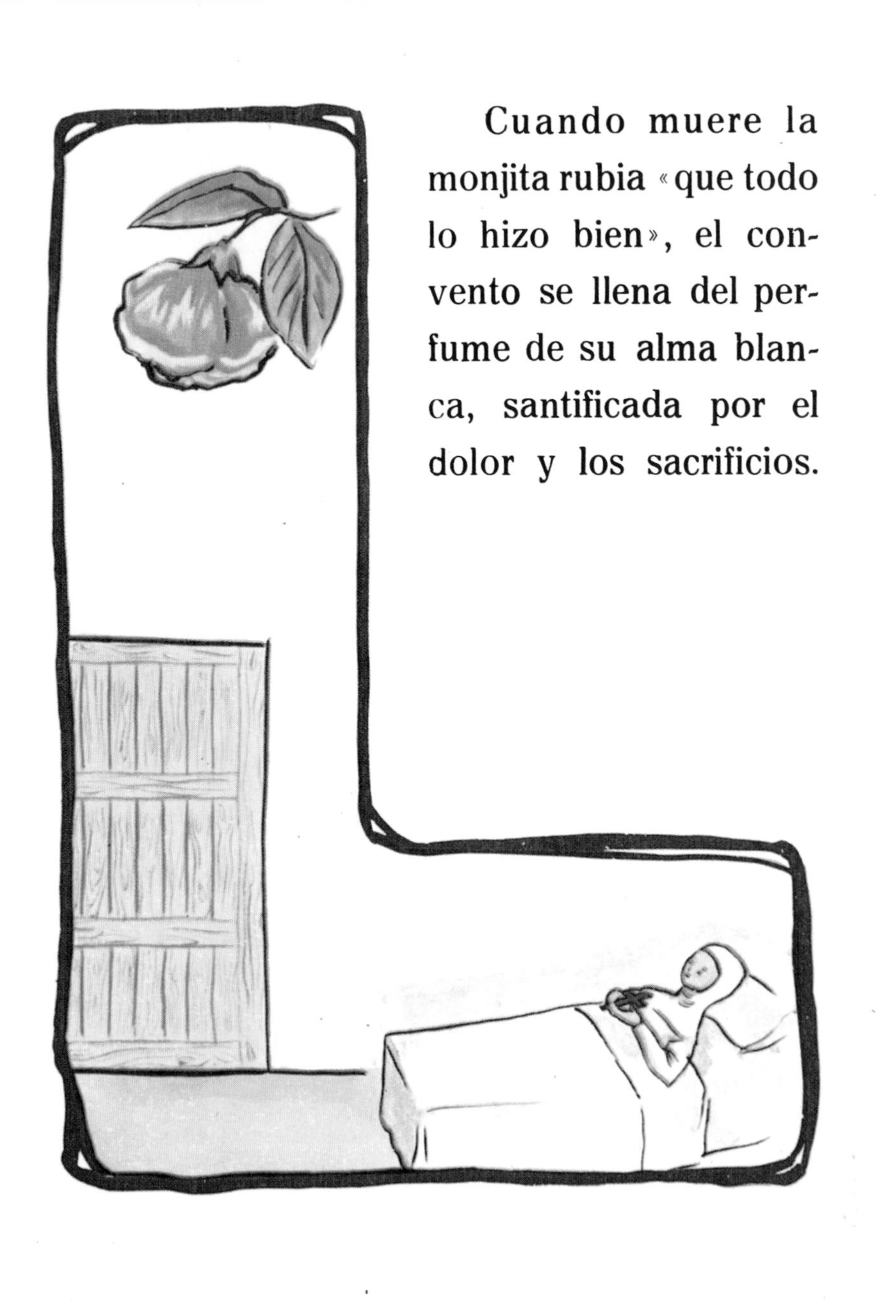

Cuando muere la monjita rubia «que todo lo hizo bien», el convento se llena del perfume de su alma blanca, santificada por el dolor y los sacrificios.

«Reinecita»
está en el cielo,
junto a Jesús, y
no se cansa de dejar
caer la lluvia de rosas
de sus milagros por
todo el mundo. Por eso
el Papa Pio XI la proclama Santa y Patrona
de Francia y de las
Misiones.

CON LICENCIA ECLESIÁSTICA. ISBN: 84-7770-322-1. Depósito legal: M. 38.726-2000. Imprime: Impresos y Revistas, S. A.